LETTRE D'UN NÉGOCIANT

Sur la nature du commerce des Grains.

N E foyez point déconcerté, MONSIEUR, par les nouvelles qu'on dit avoir reçues de Naples & de Palerme (a). Croyez pour l'honneur de l'humanité, qu'elles ne se confirmeront pas. L'esprit d'administration & de commerce, n'est point le patrimoine exclusif des Etats septentrionaux de l'Europe. Il se répand par-tout. Il faudroit donc une autorité plus imposante qu'un article de Gazette pour me persuader que la sortie des blés est défendue à Naples & en Sicile. Quelques réflexions suffiront, je l'espere, pour vous rendre ces nouvelles très-suspectes.

De Naples le 27 Août 1763.

(a) La disette de blé qui se fait ressentir depuis quelque temps dans cette Capitale, a engagé le Conseil de Régence à rendre plusieurs Réglemens, dont l'objet est d'empêcher l'exportation des grains dans le Pays étranger, & de connoître la quantité de blé, d'orge & d'avoine que peuvent produire les Provinces. Tous les Propriétaires de fonds, sans exception, sont obligés de donner une déclaration exacte de tous les grains qu'ils ont recueilli cette année, ainsi que de ceux qui leur restoient des récoltes précédentes. (*Gaz. de France*, 1763, N°. 75.)

De Palerme le 12 Août 1763.

La récolte n'ayant pas répondu aux espérances que donnoit la beauté des campagnes de cette Isle, le Gouvernement s'est déterminé à défendre la sortie du blé & des légumes. (N° 76).

A

Quand il feroit bien conftaté que les récoltes ont été médiocres, ou même mauvaifes dans ces deux Royaumes, feroit-il bien-féant de fuppofer que les perfonnes qui y font chargées de l'adminiftration, ont plus mal raifonné que ne le feroit le plus petit novice de Londres ou d'Amfterdam? Eft-il poffible de croire que des hommes d'Etat fe foient dit: » Nous avons trop » peu de blé pour fubfifter jufqu'à la récolte pro- » chaine, il faut donc le conferver, & pour » cet effet, en interdire la fortie. Les Particu- » liers à qui il appartient, voyant l'impoffibilité » de le vendre au dehors, le porteront au mar- » ché; par conféquent il ne montera pas à » trop haut prix. L'Etranger qui faura que la » fortie eft défendue, en conclura que le blé » nous manque, & nous en apportera de toutes » parts. Lorfque fon blé fera entré dans nos » Ports, il ne pourra plus en fortir; il faudra » donc que l'Etranger le vende à très-bas prix, » non-feulement parce qu'il y en aura beaucoup, » mais encore par la crainte de le voir dépérir » malgré les dépenfes qu'on feroit pour le con- » ferver. L'abondance & le bas prix feront donc » le fruit de la prohibition de la fortie «.

Tout homme éclairé par les fimples lumieres du bon fens & de l'expérience, leur eût répondu: Ne vous tourmentez point pour retenir une denrée qu'une barriere infurmontable empêchera de fortir. Vous avez trop peu de blé; donc il eft cher; donc la fortie en eft impoffible. Votre Réglement prohibitif ne ferviroit qu'à le faire renchérir encore, parce qu'il avertiroit le Peuple qu'on eft à la veille d'une difette, & qu'un

avis de cette espéce augmente la frayeur , &
par conséquent le mal. Ceux qui ont des grains
les resserreront par deux raisons ; l'une pour s'assurer leur propre subsistance, l'autre pour faire
plus de profit sur l'excédent. Vous ferez faire ,
dites-vous , des déclarations. Elles seront toutes
infidelles , sur-tout celles des Ecclésiastiques qui
abondent parmi vous en nombre & en richesses.
Personne ne préfére la sincérité à sa subsistance
& à ses intérêts. Enfoncerez-vous les greniers
qui ne vous auront pas été déclarés ? Soyez sûrs
que vous n'en découvrirez qu'une partie. Ainsi
après avoir jetté tous les Propriétaires dans l'ef-
froi & dans la crainte , sentimens si voisins de
la haine & du désespoir , il s'en trouvera beaucoup envers qui vous deviendrez injustes. Ceux
dont vous aurez découvert les greniers cachés ,
se verront dépouillés , tandis que d'autres re-
tireront tout le fruit de l'inutilité de vos recher-
ches. Vous avez raison de prévoir que l'Etranger s'appercevra que vous manquez de grains ;
mais soyez sûrs qu'il se gardera bien d'apporter
les siens dans l'*Antre du lion.* Le piége est si gros-
sier , qu'on masque avec plus d'adresse ceux qui
servent à tromper & à prendre des animaux.
Qu'arrivera-t-il donc , si vous défendez la sortie
des grains , & si vous exigez des déclarations
de la part de ceux qui en ont ? Vous indispo-
serez contre l'administration deux classes d'hommes qu'on ne peut trop ménager & respecter ,
les Cultivateurs & les Propriétaires. D'un autre
côté , vous échaufferez & enhardirez le petit
peuple, qu'il est si important & si difficile de con-
tenir. Accoutumé à regarder ceux qui gouver-

nent, comme mieux inftruits, la terreur le fai-
fira, fi vous lui montrez votre inquiétude ; & la
terreur éteignant la raifon dans toutes les têtes
où elle pénétre, il vous eft impoffible de prévoir à quels excès fe porteront les hommes qui
en feront frappés. Il arrivera enfin,qu'après avoir
inutilement attendu des fecours étrangers, tandis que la confommation journaliere épuifera le
foible produit de vos récoltes, vous ferez acheter dans les marchés étrangers, (pour votre
compte, & avec de doubles frais de commiffion)
des blés qu'on vous eût apportés en abondance,
& par conféquent à un prix médiocre, fi vous
aviez fait entrer dans votre politique moins de
cette fineffe qui détruit, que de cette intelligence
qui vivifie.

Voilà, Monfieur, l'inftruction que dicteroient
la droite raifon & l'expérience. S'il reftoit quelque difficulté à ceux qui refpectent encore les
liens des préjugés, il me femble qu'avec un peu
de réfléxion, ils trouveroient d'eux-mêmes les
principes qui s'élévent contre les mefures qu'on
dit avoir été prifes à Naples & à Palerme pour
empêcher la difette.

La difette, c'eft-à-dire l'infuffifance *actuelle* de
la quantité de grains néceffaire pour faire fubfifter une Nation, eft évidemment une chimere.
Il faudroit que la récolte eût été *nulle*, en pre-
nant ce terme en toute rigueur. Nous n'avons
vu aucun Peuple que la faim ait fait difparoître
de deffus la terre, même en 1709. Il eft poffible que la récolte d'une année ne foit fuffi-
fante que pour fix mois. Alors, fi la peur &
les réglemens prohibitifs qui l'augmentent, n'ar-

rêtoient point la vente des grains, on auroit pour six mois de subsistance; & l'intervalle de six mois est beaucoup plus que suffisant pour obtenir tous les secours dont on peut avoir besoin. Il est possible aussi qu'avec des approvisionnemens pour six mois, la seule frayeur du Peuple fasse monter la denrée au même prix que si la disette étoit réelle, & que des têtes échauffées se montent par degrés jusqu'à imaginer que la famine est inévitable. Mais comme il est évident que ce n'est pas le défaut actuel de grains qui cause ces désordres, c'est à la sagesse de l'administration à tâcher de prévenir, au lieu de le fortifier, un délire si funeste & si destitué de fondement; je soutiens que des prohibitions ne peuvent que l'augmenter. Examinons avec quelque détail la liaison de ces causes avec leurs effets.

A quoi connoît-on, dès le temps de la récolte, qu'une Nation n'a pas assez recueilli de blé pour subsister pendant une année ? C'est au surhaussement de prix de cette denrée; & voici la cause de ce surhaussement. Chaque Particulier compare le produit actuel de sa moisson avec le produit ordinaire. S'il voit que ce qu'il a recueilli est moindre de moitié, il en conclut que chacun étant dans le même cas, on n'aura de blé que pour six mois. Je dis *pour six mois*, parce qu'on sait que la récolte annuelle en Europe répond à peu près à ce que consomment les Nations agricoles, & à ce qu'elles versent par leur commerce chez les Nations qui habituellement manquent de grains, ou qui, par quelqu'accident ne se trouvent pas suffisamment pourvues. Sans cette proportion entre la produc-

tion & la confommation , que feroit-on du blé ?
Que deviendroient les Cultivateurs & les Propriétaires , fi une denrée qui renaît tous les ans ,
dont la confervation eft difficile , difpendieufe ;
ne fe confommoit pas annuellement ? Dès qu'il
eft reconnu qu'on n'a de blé que pour fix mois ,
chacun fent que la moitié des fubfiftances de l'année fera fournie par l'Etranger ; mais le Propriétaire fait bien que le blé étranger ne viendra
pas dans l'inftant même remplir le vuide des
greniers. Il comprend donc qu'il ne doit pas fe
hâter de vendre , afin de profiter du temps pendant lequel les grains monteront au-deffus du
prix qu'ils ont par-tout ailleurs.

Le prix du blé augmente & même d'affez bonne heure , parce qu'il n'entre dans le commerce
journalier que la petite quantité de grains que
les Laboureurs & les Propriétaires peu aifés
font forcés de vendre. Plus le blé devient rare
au marché , plus il devient cher ; & il n'y a
a que l'importation du blé étranger qui puiffe y
remédièr , non-feulement en rendant la denrée
plus commune , mais en faifant ouvrir les greniers. Jufques-là les Fermiers & les Propriétaires
aifés vendent peu , ou même ne vendent point
du tout : en forte que le Peuple & le Magiftrat
même s'allarment , quoiqu'en effet le pays foit
pourvu de blé pour plufieurs mois.

Puifque l'augmentation du prix du blé avertit,
non du befoin réel & actuel , mais du befoin
futur , le Gouvernement doit choifir entre la
prohibition ou la liberté du commerce, pour attirer des approvifionnemens avant le temps où
le befoin feroit réel & actuel. Si la prohibition

augmentoit la quantité de blé qui eft dans un Etat, on pourroit la regarder comme un remede falutaire. Mais elle n'ajoute pas un feul grain de blé à celui qui a été recueilli; le vuide des greniers refte le même. Il eft vrai qu'elle retient dans le pays le peu de blé qui y eft; mais outre que le haut prix fuffiroit pour l'y retenir, il ne faut pas perdre de vue que la prohibition en elle-même eft un mal, parce qu'elle caufe un vuide apparent qui équivaut à une diminution de la maffe dés denrées. Les greniers fe ferment, & un grenier fermé ne contribue en rien à la fubfiftance. On ne doit donc adopter le parti de la prohibition, qu'au cas qu'elle devienne favorable par quelqu'autre côté.

Il faut néceffairement dans un pays qui n'a de grains que pour fix mois, une addition égale à la quantité recueillie, & il n'y a que l'Etranger qui puiffe la fournir. Si la prohibition de la fortie eft un moyen d'attirer l'Etranger, on doit en faire ufage, puifqu'il n'y a que fes grains qui puiffent remplir le vuide réel des greniers, & faire difparoître le vuide apparent. Jugeons par les circonftances, par la nature des chofes, & par la connoiffance du cœur humain, fi des Commerçans indépendans d'un Souverain qui empêcheroit la fortie de fes Ports, auroient du penchant à y verfer les denrées dont fes Sujets ont befoin.

Je vois clairement que l'intérêt fera l'unique moteur de ces Commerçans étrangers. Ils apprennent que le blé manque dans un pays; que par conféquent il s'y vend facilement & à bon prix; dès ce moment toutes leurs fpéculations

font faites ; c'eſt là qu'il faut envoyer du grain ,
& l'envoyer promptement , afin de profiter du
temps où la vente eſt favorable. Mais tout Commerçant ignore combien les différens Peuples
& même les différentes Villes lui donnent de
concurrens, & combien chacun de ces concurrens en particulier fera paſſer de grains dans le
pays où il manque. Il doit donc prévoir que le
déſir de gagner multipliera les ſpéculations ſem-
blables aux ſiennes ; que par conſéquent l'abondance & le bas prix du grain ſuccéderont vrai-
ſemblablement au beſoin & au bon prix. Mais
il lui reſte un motif pour ſe placer entre les riſques de la perte ou du profit ; c'eſt l'eſpérance
de vendre ailleurs à un prix raiſonnable une
denrée que la concurrence feroit tomber au deſſous de ſa vraie valeur.

Si dans ce moment on l'avertit que le Port
où il compte envoyer ſa denrée , ſera fermé
dès qu'elle y ſera entrée ; qu'il ſera forcé de
l'y laiſſer dépérir , ou de la vendre à très-bas
prix ; il ne verra plus d'un côté qu'un bénéfice incertain puiſqu'il dépend du cas où il ar-
riveroit ſeul , ou preſque ſeul ; & d'un autre
côté qu'une perte preſque néceſſaire au cas qu'il
arrivât d'autres Négocians qui , comme lui , ſe-
roient dans la néceſſité de vendre une denrée de-
venue ſurabondante. Sous ce point de vue , qui
certainement ne peut échapper à aucun Commerçant , il n'y a perſonne qui ne comprenne que
l'effet infaillible de la prohibition ſera d'éloi-
gner le blé étranger. D'où l'éloignera-t-on ?
D'un pays dans lequel il eſt de la derniere importance de l'attirer , puiſqu'on n'en a que pour

quelques mois. Il eſt donc très-évident que la prohibition, de quelque façon qu'on enviſage ſes
effets, ne peut remédier au mal. 1°. Parce qu'elle
fait fermer les greniers, & par-là dégarnit les
marchés, & rend la denrée plus rare & plus chere.
2°. Parce qu'elle repouſſe l'Etranger, qui ſeul
pourroit fournir ce qui manque, faire ouvrir les
greniers, & ramener au prix toujours vrai &
juſte qu'établit la concurrence, le prix exceſſif,
occaſionné par le petit nombre de vendeurs, &
par la crainte de manquer de ſubſiſtance.

J'avoue que je ne vois pas ce que l'homme de
l'eſprit le plus délié pourroit imaginer pour ſe
raſſurer contre des inconvéniens ſi grands, & ré-
ſultant ſi clairement du ſyſtême de la prohibition. Mais pour ne pas s'engager aveuglément
dans le ſyſtême oppoſé, examinons dans le même
détail, & en ſuivant la même méthode, ce que
l'adminiſtration obtiendroit d'une entiere liberté
qu'elle laiſſeroit ſubſiſter, ou qu'elle établiroit
dans le commerce des grains.

Les malheurs du premier moment, quelque
parti qu'on prenne, ſont clairement inévitables.
Rien ne peut faire qu'une Nation qui n'a de blé
que pour ſix mois, en ait pour une année entiere.
Ainſi la liberté du commerce des grains n'ajou-
teroit rien à la quantité de grains qu'on auroit
recueillie ; mais certainement elle ne la dimi-
nueroit pas, parce que rien n'eſt ſi propre à
retenir une denrée dans un pays, que le bon
prix qu'en retirent les vendeurs. Il eſt vrai que
la liberté n'empêcheroit pas le prix du marché
de ſe ſoutenir ; mais loin de l'augmenter, elle
pourroit peut-être contribuer à le faire baiſſer,

parce qu'elle menaceroit continuellement de la concurrence des Etrangers, & que ceux qui ont des concurrens à craindre doivent se hâter de vendre, & par conséquent borner leurs profits, pour ne pas courir les risques d'être forcés à se contenter de moindres profits encore. A l'égard des maux prévus pour le temps où toute la récolte se trouveroit consommée, voici ce que produiroit infailliblement la liberté.

Le désir du gain fait resserrer le blé dans les pays où les récoltes ont été foibles. C'est aussi le désir du gain qui fait apporter le blé étranger. Ainsi on n'avance point un paradoxe en assurant que l'annonce d'une disette produit nécessairement l'abondance. C'est uniquement de l'intérêt qui fait rouler toute la machine du commerce, qu'on doit attendre un effet si salutaire : tout autre motif de confiance seroit illusoire. Nous avons déja vu par quels motifs & comment les spéculations du commerce se dirigent vers les lieux où les récoltes ont été insuffisantes ; nous avons expliqué comment la multitude de Spéculateurs, & l'impossibilité du concert entr'eux, opéroit nécessairement des versemens de grains toujours supérieurs au besoin. Tout se réduit donc à cet axiome : le commerce cherche les lieux où la marchandise se vend bien ; il ne fuit que ceux où elle se vend à perte.

Mais, dira-t-on, cette abondance, & par conséquent cette diminution de prix, doit être aussi connue des Négocians, que le danger d'entrer dans un port fermé. Ils doivent donc fuir les lieux où le blé manque, puisqu'ils savent que les spéculations se tourneront de ce côté-là,

& que par conféquent le blé s'y vendra à bon marché.

L'expérience fuffiroit pour réfoudre cette objection. Mais pour calmer les efprits par des moyens plus développés que la fimple allégation de l'expérience, voyons ce qui attire la denrée dans les lieux où elle manque, fans que les Négocians foient arrêtés par la certitude qu'elle baiffera de prix.

Un Négociant qui connoît le befoin d'un pays, fe hâte d'y envoyer, parce qu'il efpere d'y arriver un des premiers, & qu'il défire de profiter de l'addition de bénéfice qui eft infaillible par-tout où les moiffons n'ont pas été abondantes. Cependant il ne compte proprement que fur une vente ordinaire, c'eft-à-dire accompagnée d'un profit courant; c'eft tout ce qu'il faut pour l'attirer. Il fe ruineroit, s'il ne vendoit pas au prix commun une denrée qui renaît chaque année, & dont la confervation coûte fort cher. Il fait que ce prix commun s'établit de lui-même dans tous les marchés ouverts de l'Europe ; que ce prix ne varie que de fort peu de chofe, & feulement à raifon de l'éloignement des Ports qu'il s'agit de munir. Il fait donc que quand tous les Négocians d'Europe enverroient du blé à Naples, il y auroit une petite fortune à faire pour les plus diligens, mais aucune perte à craindre pour ceux qui arriveroient les derniers; parce que fans concert, fans intelligence entre les vendeurs, la denrée fe foutient au prix de tous les autres marchés. Ce feroit une perte volontaire, que de vendre au-deffous de ce prix, & aucun Marchand ne veut perdre.

En fuppofant donc que le blé doive fe vendre vingt livres le feptier, pour que le Vendeur retire les bénéfices ordinaires du commerce, il eft évident que les Napolitains ne pourront l'obtenir dans leur Port qu'à peu près fur le pied de vingt livres le feptier, quelque nombreux que foient les envois qu'on leur aura faits. Si les Habitans, contre toute apparence, contre toute raifon, s'obftinoient à n'en offrir que dix-huit livres, le Négociant prendroit fon parti; il feroit paffer fes blés à Lisbonne, à Marfeille, à Gênes, &c. où il feroit fûr de les vendre à leur vrai prix. Ainfi n'y ayant aucun rifque pour le commerce, lorfqu'il envoie des grains dans un Port dont la fortie eft libre, il les y fera paffer au moment qu'il apprendra que les grains y manquent. Il mettra même dans fon expédition toute la célérité poffible, par ce que s'il n'a rien à perdre en arrivant le dernier, il a beaucoup à gagner s'il peut arriver des premiers.

Mais on peut aller plus loin pour raffurer les Peuples qui manquent de fubfiftance; car non-feulement ils feront fecourus promptement & abondamment dès que le commerce en fera inftruit, mais encore ils font fûrs d'obtenir les grains à quelque chofe de moins que les autres, par une raifon aifée à fentir, & qui s'accorde avec l'expérience. Suppofons que le mauvais état de la récolte ait fait monter le prix des blés à trente livres le feptier, tandis qu'il ne fe vend ailleurs que vingt livres; il eft certain qu'à mefure que les fecours arriveront, le grain national & le grain étranger entrant en concurrence,

diminueront de prix jusqu'à ce qu'ils soient tom-
bés à vingt livres. Si dans cet état il survient
de nouveaux vendeurs, combien ne s'en trou-
vera-t-il pas qui aimeront mieux livrer leurs
blés à Naples sur le pié de dix-neuf livres le
septier, que d'aller chercher un autre port où
il se vendroit vingt livres ? Dans l'instant le blé
national tomberoit lui-même à dix-neuf francs.
La réduction de prix qu'opéreroit la concurrence
ne finiroit qu'au point où cesseroient les profits du
vendeur. Alors il iroit porter sa denrée dans un
autre marché. Quel intérêt auroit-on à le retenir
à Naples ? Interdire la sortie d'une denrée tom-
bée au-dessous de sa valeur, ce seroit une in-
justice évidente, & de plus une faute majeure
en politique. Car le même acte de violence qui
feroit baisser le prix du grain étranger au-dessous de vingt livres le septier, feroit baisser au
même point le grain national ; & l'on sait que
le moyen le plus sûr de ruiner un Etat, c'est
de faire tomber ses denrées à vil prix. Que de-
viennent alors les Cultivateurs & les Propriétaires, ces hommes sans lesquels les mots d'*Etat*
& d'*administration* ne seroient que des sons dépouillés du sens qu'on doit y attacher ?

J'ai dit qu'il me paroissoit impossible de trouver de bonnes raisons pour se rassurer contre
le péril qu'augmentent les prohibitions de sortie ;
il me paroît aussi impossible d'en trouver contre
la sécurité qu'inspire l'entiere liberté du commerce des grains.

Remarquez, Monsieur, qu'ici le désordre
naît de ce que l'administration porte la main à
des objets qui, à certains égards, sont au-dessous,

& à d'autres égards au-deſſus d'elle. Il eſt au-
deſſous d'elle de viſiter tous les greniers, de
peſer chaque boiſſeau de blé, de le mettre en
ſéqueſtre, de ſe rendre en quelque ſorte l'homme
d'affaire de chaque Particulier. D'un autre côté,
il eſt au-deſſus de ſon pouvoir d'aſſervir des Nations indépendantes aux régles de ſa police do-
meſtique. Le prix commun qui s'établit par le
verſement des denrées des lieux où elles abondent, dans ceux où elles manquent, n'eſt & ne
peut être le fruit d'aucune adminiſtration. C'eſt
l'ouvrage de l'intérêt, ou ſi l'on veut du commerce; & un Commerçant d'Amſterdam ou de Ham-
bourg, ne veut pas qu'on le mette aux fers dans
le Port de Naples. La liberté, lorſqu'elle eſt
générale, établit un niveau général dans le prix
des grains; au lieu que l'adminiſtration ne peut
rien hors de ſon territoire, & qu'il lui eſt phy-
ſiquement impoſſible de participer au niveau général, dès qu'elle éleve une digue entr'elle & les
Nations libres. On doit donc laiſſer agir le commerce, ſi on veut ne manquer de rien. Il eſt ſans
comparaiſon plus vigilant, plus actif, plus ri-
che, plus fécond en reſſources, que l'adminiſtration de quelque Royaume que ce ſoit. L'adminiſtration qui veut tout régler, même les intérêts du commerce des Etrangers, devient in-
quiéte & embarraſſée, lorſqu'elle prévoit une
diſette; le commerce au contraire n'eſt jamais
moins inquiet, moins embarraſſé, que quand il
s'ouvre une route pour ſes ventes. C'eſt donc
au commerce, & au commerce ſeul qu'il faut
abandonner le ſoin d'approviſionner les lieux
dégarnis.

Pendant les plus violentes ardeurs de l'été, perfonne n'ignore que fix mois après on aura befoin de bois, de drap, de velours, de fourrures. L'adminiftration empêche-t-elle la fortie de ce qu'il y en a dans le Royaume ? S'inquiéte-t'elle fur les moyens d'en avoir fuffifamment, lorfque le temps d'en faire ufage fera venu ? Non. L'adminiftration & les Confommateurs fe repofent fur l'intérêt des Marchands du foin de nous garantir des rigueurs de l'hiver. Et il fe trouve en effet que le bois, le drap, le velours, les fourrures font arrivés avant que le befoin fe foit fait fentir.

Choififfons un exemple plus rapproché de la queftion que nous examinons. Suppofons qu'une perfonne qui demeure à la campagne foit avertie qu'elle n'a du pain que pour vingt-quatre heures. Quelle inquiétude peut-elle avoir, fi elle n'eft éloignée que de quelques lieues d'une Ville dont les marchés font bien garnis ? L'adminiftration & les Habitans d'un pays peuvent jouir de la même tranquillité, s'ils ont du blé pour fix & même pour trois mois ; parce qu'annuellement l'Europe eft en état de pourvoir à tous les befoins, & que les Pourvoyeurs, c'eft-à-dire les Commerçans, attendent avec la plus grande impatience l'occafion de vendre. Ils vont promptement & par-tout où ils favent qu'on ne leur tend pas de piéges.

Il entre donc dans la nature des chofes d'éprouver des difettes par-tout où la fortie des Ports eft interdite, & de n'en éprouver jamais partout où les Ports font continuellement ouverts. Dans le cas de difette ou d'infuffifance, il est évident qu'il faudroit périr , si on ne recevoit pas de secours étrangers. Il devient donc indispensable d'ouvrir les ports aux Etrangers, & de les rassurer contre toute crainte d'y demeurer emprisonnés. Un malade en péril ne doit pas menacer quiconque lui apportera des remedes.

Ce que j'ai dit jusqu'à présent , Monsieur , ne tend qu'à faire voir que l'avantage d'avoir une subsistance suffisante & au même prix que les autres Nations , dépend uniquement de la liberté du commerce des grains. Il semble que c'est assez pour proscrire à jamais les loix prohibitives. Mais si vous examinez de plus les maux qu'on évite en proscrivant ces odieuses loix , que penserez-vous de la politique qu'on suppose à l'administration de Naples & de Sicile ?

Quand le besoin se fait sentir , c'est-à-dire , lorsque les blés montent à un trop haut prix , le Peuple devient inquiet. Pourquoi augmenter son inquiétude en déclarant celle du Gouvernement par l'interdiction de la sortie ? Supposons que le blé fût monté à trente livres le septier , où iroit-on le porter pour en obtenir non-seulement trente livres , mais un profit , mais un dédommagement des frais de transport , des avaries , &c ? Si l'on joint à cette défense , qui en soi est pour le moins inutile , des ordres de faire des déclarations , &c. le mal en fort peu de temps pourroit être porté à son comble. N'a-t-on pas tout à perdre , en aigrissant ceux qui sont gouvernés contre ceux qui gouvernent ; & en rendant le Peuple audacieux contre ceux qui lui fournissent jour par jour les moyens de subsister ? C'est allumer une guerre civile entre les

Propriétairse

Propriétaires & le Peuple. Le Peuple se range infailliblement du côté de l'autorité, & regardé comme ses oppresseurs tous ceux qui ayant des grains ne les portent pas dans un même jour au marché. Le bas prix des denrées est le seul bien qu'il désire. Il n'a jamais réfléchi qu'il tire sa subsistance des salaires que lui donnent les Propriétaires ; que ces salaires seroient anéantis, si les productions ne se soutenoient pas à un bon prix ; que le moyen le plus sûr d'anéantir le prix des denrées, & les denrées elles-mêmes, c'est de s'en rendre maître contre le vœu de ceux à qui elles appartiennent. Une administration éclairée ne fera jamais de ces coups d'autorité destructifs. Elle sait qu'à tout prendre le haut prix du grain pendant la courte durée de la cherté, est infiniment moins redoutable pour un Etat, que le bas prix permanent que désireroit le Peuple. Elle sait qu'un Royaume seroit ruiné, si le prix de la production ne fournissoit pas, 1°. de quoi la reproduire ; 2°. de quoi faire subsister le Cultivateur ; 3°. de quoi payer le revenu du Propriétaire, la dixme, l'impôt ; enfin de quoi fournir des salaires qui puissent assurer du pain à cette populace, qui en manqueroit bientôt, s'il étoit à bon marché. Faut-il de profondes réflexions pour comprendre que quand le prix des denrées ne suffit pas pour faire face à la reproduction, au revenu, à la dixme, à l'impôt, aux salaires de la main-d'œuvre, la Nation entière marche à grands pas vers sa ruine, & est à la veille de manquer de tout ? Il est donc de la plus haute importance de ne jamais fortifier les absurdes préjugés du Peuple

B

par la févérité de l'adminiftration contre les Propriétaires. C'eft un mal que la grande cherté du blé ; mais il ne peut être durable dans un Etat dont les ports font toujours ouverts. C'eft un mal infiniment plus grand, parce qu'il eft durable, que de faire ouvrir par autorité des greniers que la liberté naturelle de chaque particulier le met en droit de tenir fermés. Ces greniers ne feront pas long-temps fermés, ou même ne le feront point du tout, fi cette police eft livrée au commerce, parce que l'infuffifance des récoltes eft toujours prévue avant les récoltes mêmes, & qu'un mal de cette efpéce prévu par des Négocians, eft toujours prévenu par le remede.

Permettez, Monfieur, que je propofe à cette occafion une queftion plus forte en apparence que celles que je viens d'examiner. S'il étoit poffible que dans un pays dont les ports feroient toujours ouverts, le prix du blé montât à trente livres le feptier, tandis qu'il feroit à l'ordinaire à vingt livres ou environ dans les autres marchés de l'Europe ; feroit-il d'une bonne politique de forcer les greniers des Particuliers, & de vendre leurs grains pour leur compte fur le pied de vingt livres le feptier, en attendant que le grain étranger vînt s'établir à ce prix, par l'effet de la concurrence que je crois vous avoir fuffifamment expliqué ? Je réponds que non ; & je vais vous en dire les principales raifons.

Rien n'eft plus facré dans tout Etat, quelle que puiffe être fa conftitution, que le droit de propriété. C'eft pour mettre ce droit à l'abri de toute atteinte, que les hommes fe font réunis en corps de Nations. La force & la puiffance pu-

bliques toujours fupérieures à celles d'un Particulier, ou d'une famille ifolée, forment le rem-
part qui garantit les propriétés des invafions
publiques & particulieres. Diriger cette force,
cette puiffance contre la propriété, c'eft non-feulement dénaturer leur objet, mais les armer con-
tr'elles-mêmes. C'eft un premier pas vers l'anarchie, que de toucher aux droits des Propriétaires;
& l'anarchie conduiroit rapidement les hommes
à ce genre de vie individuel qui a précédé la
formation des fociétés. Tout feroit à tous. La
propriété refpectée eft donc le principe confti-
tutif de la force des Empires. Si ce principe étoit
détruit, ou même altéré, tout Etat ne feroit
qu'une maffe fans cohéfion, & que la moindre
fecouffe feroit tomber en pouffiere.

Prétendre que les droits de la propriété font
refpectés, pourvu qu'on ne dépouille pas un
particulier de fes biens en les livrant à un autre;
objecter que dans l'efpece que je fuppofe, l'adminiftration n'exerceroit que fur les fruits de la
terre la puiffance qui lui a été confiée; en con-
clure que les Propriétaires conferveroient dans
fon intégrité le domaine qu'ils ont fur les fonds
qui ont fait naître ces fruits; c'eft chercher à
s'en impofer à foi-même. Quel fens clair &
honnête pourroit-on attacher à cette diftinction?
L'adminiftration, objecte-t-on, n'étend pas fon
pouvoir fur les fonds. Qu'en feroit-elle, s'ils
étoient féparés des fruits qu'ils produifent? C'eft
par ces fruits, & ce n'eft que par eux que la
propriété eft précieufe aux hommes. Ce font
ces fruits qui conftituent les forces individuelles,
dont la réunion conftitue les forces d'un Etat.

B ij

Quelle pourroit être la force ou la puiſſance
particuliere & publique au milieu du plus vaſte
territoire que la Nature auroit frappé de ſtérilité ?
Ce ſont donc les fruits de la terre qui ſont vé-
ritablement l'objet de la propriété ; c'eſt ſur ces
fruits que doit s'exercer le droit du Propriétaire , c'eſt-à-dire le droit d'en diſpoſer libre-
ment. Que l'adminiſtration s'en empare , ou que
le Peuple en tumulte force les greniers d'un
Citoyen , c'eſt également une invaſion qui anéan-
tit les droits de la propriété ; & l'anéantiſſement
de ces droits entraîne le violement des principes conſtitutifs des Nations policées. Ce ſeroit
donc détruire un Etat ſous prétexte de le ſauver,
que de s'emparer des grains à un prix même
avantageux , ſi les Propriétaires ne vouloient les
vendre qu'à un prix plus avantageux encore ;
parce que l'adminiſtration ne peut jamais ſe
permettre ce qui tend par ſa nature à la deſtruc-
tion de l'Etat.

Indépendamment de ce grand principe auquel
tout doit céder , je n'aurois pas de peine à faire
voir que l'invaſion qu'on croiroit juſtifier , en
s'enveloppant de prétexte de bien public, ren-
fermeroit une injuſtice évidente , en ne conſidé-
rant les Propriétaires des grains que comme de
ſimples Marchands autoriſés à vendre.

Dans l'hypothèſe que j'ai faite , le blé national ſeroit à trente livres le ſeptier, & par
conſéquent la récolte n'auroit pas été heureuſe.
Ces années ſont rares. Suppoſons qu'il y eût une
ſuite de récoltes aſſez abondantes pour faire tomber les grains à douze & à quinze livres le ſeptier, (c'eſt ſon prix ordinaire en France, en conſé-

quence de la prohibition de commerce extérieur, & même intérieur,) l'adminiftration ordonneroit-elle alors aux acheteurs de fournir vingt francs au propriétaire pour chaque feptier de blé qu'il apporteroit au marché? Non, fans doute. Il eft tout fimple, diroit-on, que le confommateur profite du bas prix réfultant de l'abondance de la denrée. Où eft donc la juftice d'empêcher le vendeur de profiter du haut prix auquel monte la denrée lorfqu'elle eft rare ? Quoi ! celui qui fait les avances & les frais, fans lefquels on attendroit vainement la production ; qui court tous les rifques de l'intempérie des faifons, lefquelles ruinent quelquefois un Cultivateur dans la même année où fes voifins s'enrichiffent ; qui en un mot nourrit tout un Etat, & par les fruits vendus aux riches, & par les falaires fournis aux pauvres, pour les mettre en état d'acheter les mêmes fruits ; celui-là, dis-je, aura des pertes à fupporter dans tous les cas poffibles de vente ! Il perdra, fi l'abondance tient fa denrée à bas prix ; il perdra, fi le prix eft trop haut, parce qu'on le forcera à vendre au même prix que les autres Nations de l'Europe, qui avec les mêmes frais ont eu un produit double ou triple ! N'eft-ce pas une injuftice évidente ? Les variations du prix du marché national, qui feules peuvent le dédommager par des compenfations, ne font-elles pas pour lui un droit acquis ? Peut-on le lui enlever fans exercer une violence dont l'idée eft contradictoire avec celles que préfentent les mots *fociété*, *police*, *adminiftration*, & même le mot *commerce* ?

C'eft évidemment à tous à porter le malheur de

tous ; je veux dire, les inconvéniens d'une mau-
vaise récolte. Les Laboureurs & les Propriétaires
font tout dans un Etat, parce qu'ils y vivifient
tout; mais ils ne font pas *Tous*. Il feroit donc inique
& contraire à toute idée de juſtice diſtributive,
de faire retomber ſur eux ſeuls les maux qu'entraîne l'inclémence des ſaiſons. Ils courent les
riſques de la culture , ceux de l'abondance &
de la rareté, ceux de la concurrence du commerce. Ils doivent donc être maîtres de vendre
ou de retenir leurs denrées. Ils font les ſeuls
Juges à qui il appartienne d'ordonner la clôture
ou l'ouverture de leurs greniers. Plus le prix
des grains eſt porté haut dans les mauvaiſes années, plus les Cultivateurs ont à perdre dans
un Etat où le commerce eſt libre , parce que
les frais de culture ont été les mêmes , que la
production eſt infiniment moindre , & que la
concurrence étrangere ne tarde pas à faire baiſſer
ces prix qu'on regarde comme des dédomma-
gemens exceſſifs , & qui par l'événement ne
dédommagent pas à beaucoup près de ce qu'une
mauvaiſe récolte a coûté. Auſſi ſait-on par
une expérience générale , que dans les années
de grande diſette le Peuple ſouffre , mais pendant aſſez peu de temps ; au lieu que les Propriétaires & les Cultivateurs font écraſés au
moins pour deux années.

Il me ſemble que ces principes & ces réflexions ſuffiſent pour prouver qu'à quelque prix
que montent les grains, il n'eſt pas permis de
forcer les greniers pour vendre les blés des Particuliers au prix des marchés de l'Europe , quelque certitude qu'on ait de recevoir inceſſam-

ment des blés étrangers à ce prix. Si quelqu'un m'objectoit la maxime *Salus Populi fuprema Lex efto* , je répondrois que cette maxime n'eft fi refpectable , que parce qu'elle eft falutaire aux Nations. Rien ne leur feroit plus funefte que de renverfer les droits de la propriété , & de réduire ceux qui font la force d'un Etat, à n'être que les Pourvoyeurs d'un Peuple inquiet, qui n'envifage que ce qui favorife fon avidité , & qui ne fait point mefurer ce que doivent les Propriétaires par ce qu'ils peuvent. C'eft à l'adminiftration à réprimer cette avidité au lieu de la favorifer. Elle ne peut être réprimée qu'en faifant refpecter les droits de la propriété , & en les rendant inviolables.

Je ne puis mieux terminer cette Lettre , qu'en appliquant au commerce des blés en particulier, ce qu'un Négociant de Rouen répondit à M. Colbert fur le commerce en général ; *Laiffez-nous faire.*

J'ai l'honneur d'être , &c.

A Marfeille, le 8 Octobre 1763.